Cuentos de Espantos y Aparecidos

Cuentos de Espantos y Aparecidos
Coordinado por Ediciones Ekaré-Banco del Libro

Editora
Verónica Uribe

Asistente editorial
Marianne Delon

Diseño
John Luján

Portada y viñetas
Arlette Lavie

CUENTOS DE ESPANTOS Y APARECIDOS

*Coedición
Latinoamericana*

5ª edición

Presentación

El misterio de la muerte y el temor a lo desconocido, han dado lugar a innumerables cuentos y leyendas acerca de los seres extraordinarios que habitan el mundo impreciso de lo que no está aquí.

Cuentan quienes los han visto que estos espíritus aparecen a veces en el reino de los vivos para indicar algo, para vengar ofensas, para castigar o para exigir que se les devuelva lo robado. Se presentan siempre al caer la noche, en parajes solitarios o en casas abandonadas. Siempre hay señales que los anuncian: un golpe de viento, el canto de algún pájaro nocturno, el crepitar del fuego, unas pisadas. Algunos no pretenden hacer daño, pero también hay entre ellos espíritus malignos al acecho de sus víctimas.

En América Latina la tradición europea de brujas, duendes y fantasmas se mezcla con la indígena y la africana de espíritus del agua, las selvas y los montes. Encontramos mujeres que vuelan en barcos pintados en los muros, como la Tatuana en Centroamérica o la Mulata de Córdoba en México; pequeños duendes que enamoran a las niñas hermosas cantándoles coplas, como el Sombrerón en Guatemala; espíritus que defienden la naturaleza y que castigan brutalmente a quien la daña, como la Marimonda en Colombia o el Caipora en Brasil; barcos malditos que navegan sin encontrar puerto jamás, como el Caleuche en Chile o el Barco Negro en Nicaragua; y están también las mujeres demoníacas que seducen a los hombres que andan lejos de sus casas. Son mujeres hermosas, atractivas y extrañas. Cuando los hombres las abrazan, los espantan con su rostro de calavera. Es la Sayona o la Dientona de muchos países del continente.

La señal de la cruz, el agua o el canto de los gallos hacen desaparecer a estos espíritus de la muerte y de la noche.

Este libro reúne once relatos de espantos y aparecidos y forma parte de la Coedición Latinoamericana, serie auspiciada por el Centro Regional para el Fomento del Libro en América Latina, CERLALC, y por la UNESCO, y realizada mediante el trabajo conjunto de los editores participantes.

El propósito de este volumen es ofrecer a los niños y jóvenes de América Latina la posibilidad de reencontrarse con las viejas tradiciones orales del continente, con los cuentos de luz de vela y brasero, y disfrutar de relatos que guardan, aún hoy, el atractivo de lo misterioso y de lo inexplicable.

Queremos también que los lectores descubran que los países latinoamericanos somos una gran comunidad que comparte creencias, costumbres, relatos, alegrías, y más de un susto.

Las lágrimas del Sombrerón

Guatemala

Recopilador: Celso Lara
Versión: Luis Alfredo Arango
Ilustradora: Marcela Valdeavellano

LAS LAGRIMAS DEL SOMBRERON

*es un cuento de la tradición oral guatemalteca.
El Sombrerón es un personaje tan pequeñito que cabe en
la palma de una mano. Casi no se ve debajo de su
sombrero de alas enormes. Apenas sí asoman sus
zapatitos de charol con espuelas de plata.
Lleva también una guitarrita de nácar con la que se
acompaña cuando canta para hechizar a las niñas
bonitas. Siempre va seguido por una recua de mulas
cargadas con sacos de carbón.
El autor de esta versión, Luis Alfredo Arango, nació en
Totonicapán en 1935. Ha sido maestro rural e
investigador de campo del Instituto Indigenista Nacional
de Guatemala. Ha recibido varios premios
centroamericanos de narrativa y poesía y parte de su obra
ha sido traducida al inglés, francés e italiano.
El recopildor, Celso Lara, es Director del Centro de
Estudios Folklóricos de la Universidad de San Carlos.
La ilustradora, Marcela Valdeavellano, nació en la
ciudad de Guatemala en 1951. Es Jefe del Departamento
de Diseño de la Universidad Nacional Autónoma de
San Carlos de Guatemala y produce un programa
infantil de televisión.*

GLOSARIO:

*Carrocero: Constructor de carruajes.
Chula: Linda, bonita, graciosa.
Piedras lajas: Piedras planas o cortadas en forma
de lámina.
Recua: Conjunto de animales de carga.*

Celina era una niña muy bonita. La gente del callejón del Carrocero, en el barrio de Belén, la veía todos los días y nunca terminaba de admirarla. Y es que mientras más crecía Celina, más linda se ponía:

–¡Qué ojos tan hermosos!

–¡Sí, tan grandes sus ojos!

–¡Y qué pelo el que tiene!

–¡Tan largo y ondulado!

–¡Se parece a la virgen del Socorro de la catedral!

Y en verdad, Celina se parecía a la pequeña estatua de la virgen del Socorro, morena y llena de gracia. Hasta su nombre era extraño, como venido del cielo, o sacado de algún libro de cuentos.

La fama de su belleza comenzó a correr por toda la ciudad. Además de ser bonita, verdaderamente bonita, Celina era muy trabajadora: ayudaba a su mamá a hacer tortillas de maíz para venderlas en las casas ricas.

Verla correr por las calles, vendiendo las tortillas que hacía su mamá, era el deleite de chicos y viejos: todos quedaban impresionados de su belleza.

Una tarde, a eso de las seis, en la esquina de la calle de Belén y callejón del Carrocero, sin más ni más, aparecieron cuatro mulas amarradas al poste del alumbrado eléctrico. Las mulas

12

llevaban cargas de carbón al lomo.

–¿No serán las mulas del Sombrerón? –comentó una mujer.

–¡Dios nos libre, ni lo diga, chula! –le respondió otra al pasar.

Esa noche Celina estaba muy cansada después de haber trabajado todo el día. El sueño comenzaba a dormirla, cuando oyó una música muy linda: era la voz de alguien que cantaba acompañado con una guitarra.

–Mamá, ¡oiga esa música!

–¿Qué música? Lo que pasa es que te está venciendo el sueño.

–¡No, mamá, oiga qué belleza!

Pero la tortillera no oía ninguna música.

–Lo mejor es que te duermas, mi niña.

Celina no podía dormir oyendo aquella música encantadora. Hasta sus oídos llegó claramente la voz cantarina que decía:

Eres palomita blanca,
como la flor del limón,
si no me das tu palabra
me moriré de pasión...

A las once de la noche, el callejón quedó en silencio y la recua de mulas carboneras se perdió en la oscuridad.

Noche a noche se repitió lo mismo. Lo único que la gente notaba eran las mulas con su carga de carbón, atadas al poste, en cambio Celina, se deleitaba con las canciones que escuchaba.

Una noche, a escondidas de su mamá, Celina salió a espiar en la oscuridad porque quería conocer al dueño de la voz.

Por poco se muere del susto. ¡Era el Sombrerón! Un hombrecito con un sombrero gigantesco, zapaticos de charol y espuelas de plata. Mientras bailaba y cantaba tocando su guitarrita de nácar, enamoraba a la niña:

> *Los luceros en el cielo*
> *caminan de dos en dos*
> *así caminan mis ojos*
> *cuando voy detrás de vos...*

¡Celina no pudo dormir esa noche! No podía dejar de pensar en el Sombrerón. Todo el día siguiente lo pasó recordando los versos. Quería y no quería que llegara la noche; quería y no quería volver a ver al Sombrerón. Esa semana Celina dejó de comer, dejó de sonreir.

–¿Qué te pasa, hijita? –le decía su mamá–. ¿Te duele algo? ¿Estás enferma? –Pero Celina no hablaba.

–La habrá enamorado el Sombrerón –le dijeron y la tortillera desesperada, siguiendo consejos de los vecinos, la llevó lejos de su casa y la encerró en una iglesia. Porque la gente cree que los fantasmas no pueden entrar en las iglesias.

A la noche siguiente llegó el Sombrerón al callejón del Carrocero, pero no encontró a la niña. Se puso como loco y comenzó a buscarla por toda la ciudad, sin encontrarla. Al

15

amanecer se alejó, silencioso, con su recua de mulas atrás.

La mamá de Celina y los vecinos estaban contentos, porque habían logrado librarla del Sombrerón. Pero Celina, encerrada en la iglesia, enfermó de pura tristeza y amaneció muerta un día.

Estaban todos velando a la niña, en casa de la tortillera, cuando escucharon un llanto desgarrador que los heló del susto. ¡Era el Sombrerón que venía arrastrando sus mulas! Se detuvo junto al poste de la esquina y comenzó a llorar:

Corazón de palo santo
ramo de limón florido
¿por qué dejas en el olvido
a quien te ha querido tanto?
¡Aaaaaaay... aaay!
Mañana cuando te vayas
voy a salir al camino
para llenar tu pañuelo
de lágrimas y suspiros...

Nadie supo a qué hora se fue el Sombrerón. Se fue alejando, llorando, llorando, hasta que se fundió en la noche oscura. A la mañana, cuando los dolientes salieron de la casa de la tortillera, se quedaron maravillados: ¡Había un reguero de lágrimas cristalizadas, como goterones brillantes, sobre las piedras lajas de la calle!

Caipora, el padremonte

Brasil

Recopiladora: Ruth Guimaraes
Versión: Sonia Junqueira
Ilustradora: Sandra Abdalla
Traductora: Gladys Parentelli

CAIPORA, EL PADREMONTE

es un mito que existe en todo Brasil, en diferentes versiones. Caipora es un ente fantástico, demoníaco y cruel con los que no lo atienden. A veces, se lo representa como una mujer de un solo pie, o como un campesino encantado que fuma pipa y recorre el monte desnudo. También se dice que es un hombre peludo que cabalga sobre un puercoespín, o un cazador malencarado de pelos verdes y pies volteados hacia atrás. La palabra Caipora viene de la lengua tupi y significa habitante del bosque.

Sonia Junqueira escribió este relato de acuerdo a la versión recogida por Ruth Guimaraes. Sonia Junqueira nació en Minas Gerais en 1945. Estudió Letras y durante varios años trabajó como maestra. Ha escrito libros didácticos y cuentos para niños. El gran sueño de su vida es transformarse en bruja.

*La ilustradora, Sandra Abdalla, nació en São Paulo en 1945. Es ilustradora del periódico **Jornal da tarde** desde hace 13 años. Desde 1972 ilustra libros para niños. El título en portugués es: **O Caipora, pai do mato**.*

GLOSARIO

Capibara: *Se le llama también capivara, carpincho o chigüire. Es un roedor enorme, del tamaño de un cerdo, que vive en las sabanas tropicales.*

Jaburu: *Es un ave alta, con un gran pico, que tiene la cabeza y el cuello sin plumas.*

Paca: *Se le llama también lapa. Es un roedor de gran tamaño que puede medir hasta 80 centímetros de largo.*

Tapir: *Se le llama también anta o danta. Es un mamífero que alcanza un metro de altura y tiene una curiosa trompa corta. Vive en la selva tropical.*

Zorro: *Es un carnívoro de pelo gris, pariente de los lobos y de los perros domésticos.*

18

Cada mañana, muy temprano, dos compadres iban juntos al monte a cortar leña.

El monte era una belleza. Claro y oscuro, con matas y árboles de todo tipo. Y además, el canto de los pájaros y bandadas de mariposas amarillas.

Con sus machetes, los leñadores iban cortando la madera. El compadre Toño procuraba cortar siempre las ramas más bajas, para no herir mucho a los árboles. El compadre Chico cortaba troncos, quebraba ramas sin necesidad y a veces hasta mataba un animal, sólo para practicar la puntería.

Un día, el compadre Chico no fue. Toño entró solo en el bosque y le pareció que todo era diferente. Unos ruidos extraños, unos susurros, el crujido de hojas secas, el sonido de las piedras en el riachuelo, más ruidosas que nunca... Aquí y allí la carrera de un gato montés o el batir de las alas de un pájaro. Un viento frío que lastimaba y un silencio raro entre un sonido y otro.

El compadre Toño apretó el mango del machete. Los dedos le dolían de frío. Aguzó la vista: era difícil distinguir algo en la oscuridad cenicienta del monte.

De pronto, entrecerró los ojos: ¡No era posible! Debía estar viendo cosas... Pero no. Más allá, aquel bulto oscuro, aquella aparición... Se restregó los ojos. Miró de nuevo: la aparición seguía allá. Detrás, parecían venir todos los animales del mundo: los grandes y los pequeños, los de plumas y los de pelos, los comedores de carne y los comedores de hierba. El corazón del leñador se detuvo. ¡Era el Caipora, el padremonte!

El leñador, paralizado de miedo, lo vio venir lentamente, cada vez más cerca. Era enorme, verde de la cabeza a los pies. Parecía una planta andando. Las piernas fuertes, grandes, el cuerpo cubierto de pelos gruesos como cerdas. Los brazos largos, casi tocando el suelo. El hocico de zorro, las orejas cortas, atentas, con las puntas hacia afuera.

Inmóvil, sin habla, el leñador recordaba las historias sobre el Caipora: que ríe como cualquier persona, que fuma tabaco de hoja en pipa de barro, que persigue a los que dañan las plantas y matan a los bichos sin necesidad... que es castaño, con los pelos arrastrando por el suelo... Pero éste era verde, muy verde...

La aparición se detuvo. Tenía los pies volteados: los dedos atrás, los talones adelante. Toño temblaba. Entonces, de pronto, el Caipora preguntó con voz ronca:

–¿Tienes tabaco ahí, muchacho?

–¿Y... y... yo? ¿Tabaco?

El leñador miraba embobado al Caipora.

–¿Tienes tabaco? –repitió el bicho en un ronquido sordo, extendiendo su mano peluda.

El leñador dejó de temblar. Pero no podía hablar. Asintió.

Abrió el morral, sacó un atado de tabaco y se lo alcanzó.

Más que de prisa el Caipora agarró el tabaco y se fue trotando con la ristra de animales atrás. El compadre Toño se apartó y se les quedó mirando.

La huella del Caipora se imprimía al revés en el suelo: las pisadas volteadas para acá, mientras él corría para allá... Atrás, todos los animales, zorros, lapas, tapires, capibaras, jaburus... En el aire, sobre su cabeza, el suave revoloteo de las tórtolas.

El leñador se secó el sudor de la frente:

–¡Uf! Tengo que trabajar –rezongó–. Así sea para pasar el susto...

Aquel día, Toño volvió tarde con la carreta cargada de buena leña, madera de ley, que había encontrado no sabía cómo. Llevaba el alma liviana y una extraña alegría en el corazón. Se puso a cantar.

Al otro día, subió al horno para fabricar el carbón que iba a vender en la ciudad. Los troncos eran tan lisos y bonitos, tan agradables a la vista que su corazón se animó una vez más. La leña crepitaba y no acababa de quemarse. Cuando el compadre Toño apagó con agua las brasas rojas, el carbón centelleó su brillo negro.

En el pueblo los carbones brillantes del compadre Toño causaron alborozo.

–¡Eso vale mucho, muchacho!

–¿Quiere comprar?

–¡Yo no! ¿Y si es robado?

–¿Cómo que robado? ¡Soy leñador y hacer carbón es mi oficio! ¡No necesito robarlo!

–Entonces, ¿dónde lo encontraste?

–No lo encontré. Lo hice con la leña que corté en el monte aquel día...

Y el leñador contó su encuentro con el bicho de los pies torcidos.

–¡Ah! –dijo el otro– ¡Era el padremonte!

–Puede ser. Dicen que el Caipora hechiza y persigue a quien anda por el monte.

–No siempre. Le diste tabaco y ganaste una fortuna. ¡Qué suerte!

Porque sí, porque no, el compadre Toño no fue más al bosque. El compadre Chico, su compañero, supo de la buena fortuna de Toño. Envidioso, fue a buscarlo para arrancarle el secreto de su riqueza. Pero solamente oyó unos gruñidos y unas disculpas.

–No sé... pienso que mi suerte fue por causa del encuentro, pero no estoy seguro...

Y quedó en eso.

Un buen día el compadre Chico andaba por el monte cuando escuchó un tropel. Y vio pasar corriendo una criatura extraña, de pies torcidos. Detrás de ella una manada de animales haciendo un gran alboroto. ¡El Caipora!

El hombre corrió detrás, obsequioso, gritando hasta que el padremonte se paró. El leñador temblaba de codicia. Luego preguntó:

—Caipora, ¿puedes darme de aquel carbón? Tengo tabaco aquí, en el morral. ¡Tengo mucho!

La cara del bicho se ensombreció. De sus ojos salían chispas verdes de odio. De pronto, todo cambió y se hizo un gran silencio. Ni una sola hoja se movía. Con un ronquido sordo, el bicho avanzó hacia el hombre y lo agarró.

Y aquel día surgió un nuevo espanto: un hombre vuelto al revés que vaga de aquí para allá como alma en pena.

La mulata de Córdoba

México

Versión: Francisco Serrano
Ilustradora: María Figueroa

LA MULATA DE CORDOBA
*es una leyenda colonial mexicana, de la cual también se encuentran versiones en Centroamérica.
El relato que aparece en este libro se inspiró en textos del historiador Luis González Obregón (1865-1938) y del poeta Xavier Villaurrutia (1903-1950). La adaptación fue realizada por Francisco Serrano, cuyos textos han aparecido en diversas publicaciones infantiles y quien es el autor de **La luciérnaga**, antología de poesía contemporánea para niños (1983).*

Cuenta la leyenda que hace más de dos siglos vivió en la ciudad de Córdoba, en el estado de Veracruz, una hermosa mujer, una joven que nunca envejecía a pesar de los años.

La llamaban la Mulata y era famosa como abogada de casos imposibles: las muchachas sin novio; los obreros sin trabajo, los médicos sin enfermos, los abogados sin clientes, los militares retirados, todos acudían a ella, y a todos la Mulata los dejaba contentos y satisfechos.

Los hombres, prendados de su hermosura, se disputaban la conquista de su corazón. Pero ella a nadie correspondía, a todos desdeñaba.

La gente comentaba los poderes de la Mulata y decía que era una bruja, una hechicera.

Algunos aseguraban que la habían visto volar por los tejados, y que sus ojos negros despedían miradas satánicas mientras sonreía con sus labios rojos y sus dientes blanquísimos.

Otros contaban que la Mulata había pactado con el Diablo y que lo recibía en su casa; decían que si se pasaba a medianoche frente a la casa de la bruja, se veía una luz siniestra salir por las rendijas de las ventanas y las puertas, una luz infernal, como si por dentro un poderoso incendio devorara las habitaciones. La fama de aquella mujer era inmensa. Por todas partes se hablaba de ella y en muchos

28

lugares de México su nombre era repetido de boca en boca.

Hace tiempo, mucho tiempo
que vive en la vecindad
al lado de la plazuela.
¿En la vecindad? ¡No es cierto!
Nunca la hemos encontrado
en el patio, en el zaguán.
Ni en la calle, ni en la iglesia
ni tampoco en el mercado:
¡Luego ella no es de este barrio,
luego llegó de repente!
En Córdoba ¡desde cuando
apareció de improviso!...

Nadie sabe cuánto duró la fama de la Mulata. Lo que sí se asegura es que, un día, de la villa de Córdoba fue llevada presa a las sombrías cárceles del Tribunal de la Inquisición, en la ciudad de México, acusada de brujería y satanismo.

La mañana del día en que iba a ser ejecutada, el carcelero entró en el calabozo de la Mulata y se quedó sorprendido al contemplar en una de las paredes de la celda el casco de un barco dibujado con carbón por la hechicera, quien sonriendo le preguntó:

—Buen día, carcelero; ¿podrías decirme qué le falta a este

navío?

–¡Desgraciada mujer!– contestó el carcelero–. Si te arrepintieras de tus faltas no estarías a punto de morir.

–Anda, dime, ¿qué le falta a este navío?, –insistió la Mulata.

–¿Por qué me lo preguntas? Le falta el mástil.

–Si eso le falta, eso tendrá –respondió enigmáticamente la Mulata.

El carcelero, sin comprender lo que pasaba, se retiró con el corazón confundido.

Al mediodía, el carcelero volvió a entrar en el calabozo de la Mulata y contempló maravillado el barco dibujado en la pared.

–Carcelero, ¿qué le falta a este navío?– preguntó la Mulata.

–Infortunada mujer– le replicó el desconcertado carcelero–. Si quisieras salvar tu alma de las llamas del infierno, le ahorrarías a la Santa Inquisición que te juzgara. ¿Qué pretendes?… A ese navío le faltan las velas.

–Si eso le falta, eso tendrá – respondió la Mulata.

Y el carcelero se retiró, intrigado de que aquella misteriosa mujer pasara sus últimas horas dibujando, sin temor de la muerte.

A la hora del crepúsculo, que era el tiempo fijado para la ejecución, el carcelero entró por tercera vez en el calabozo de la Mulata, y ella, sonriente, le preguntó:

–¿Qué le falta a mi navío?…

–Desdichada mujer, –respondió el carcelero–, pon tu alma en

las manos de Dios Nuestro Señor y arrepiéntete de tus pecados. ¡A ese barco lo único que le falta es que navegue! ¡Es perfecto!

—Pues si vuestra merced lo quiere, si en ello se empeña, navegará, y muy lejos...

—¡Cómo! ¿A ver?

—Así —dijo la Mulata, y ligera como el viento, saltó al barco; éste, despacio al principio y después rápido y a toda vela, desapareció con la hermosa mujer por uno de los rincones del calabozo.

El carcelero se quedó mudo, inmóvil, con los ojos salidos de sus órbitas, los cabellos de punta y la boca abierta.

Nadie volvió a saber de la Mulata;
se supone que está con el demonio.
Quien les crea a los cuentos de hechiceras
que pruebe a pintar barcos en los muros...

María Angula

Ecuador

Informadora: María Gómez
Versión: Jorge Renán de la Torre
Ilustradora: Mariana Kuonqui

MARIA ANGULA

es un cuento de la tradición oral ecuatoriana.
Esta versión fue escrita por Jorge Renán de la Torre, de
acuerdo al relato que le hizo María Gómez, una mujer de
más de setenta años que vive en el pueblo de Otán.
Jorge Renán de la Torre nació en Quito en 1945 y ha
publicado cuentos, fábulas y teatro para niños.
La ilustradora, Mariana Kuonqui, nació en Bahía de
Caraquez en 1951. Estudió en la Escuela de Artes
Plásticas de la Universidad Central de Ecuador. Se ha
especializado en diseño e ilustración de libros para niños y
ha recibido varios premios nacionales.

GLOSARIO

Ají de librillo: *Plato típico ecuatoriano preparado con*
estómago de rumiantes.
Carishina: *Vocablo quichua sinónimo de machona,*
mujer que parece varón.
Color: *Polvo, de un color rojo ladrillo, que se agrega a las*
comidas, producto de las semillas de onoto.
Cuchicara: *Cuero de cerdo.*
Locro: *Comida hecha con papas cortadas y otros*
alimentos, como sal, manteca y leche.
Menudencias: *Despojos y partes pequeñas de los*
cerdos y aves.
Puzún: *(o pusún): Estómago de los rumiantes; comida*
preparada con dicho estómago, en picadillo, que se
mezcla con salsa y ají.
Seco de chivo: *Arroz con carne de cordero.*

María Angula era una niña alegre y vivaracha, hija de un hacendado de Cayambe. Le encantaban los chismes y se divertía llevando cuentos entre sus amigos para enemistarlos. Por esto, la llamaban la metepleitos, la lengua larga o la "carishina" chismosa.

Así, María Angula creció 16 años dedicada a fabricar líos con la vida de los vecinos, y nunca se dio tiempo para aprender a organizar la casa y preparar sabrosas comidas.

Cuando María Angula se casó, empezaron sus problemas. El primer día Manuel, su marido, le pidió que preparara una sopa de pan con menudencias y María Angula no sabía cómo hacerla.

Quemándose las manos con la mecha de manteca y sebo, encendió el carbón y puso sobre él la olla sopera con un poco de agua, sal y color, pero hasta ahí llegó: ¡no sabía qué más debía hacer!

María recordó entonces que en la casa vecina vivía doña Mercedes, una excelente cocinera, y sin pensarlo dos veces corrió hacia ella.

—Vecinita, ¿usted sabe preparar la sopa de pan con menudencias?

—Claro, doña María. Verá, se remojan dos panes en una taza de leche, luego se los pone en el caldo, y antes de que éste hierva,

se añaden las menudencias.

—¿Así no más se hace?

—Sí, vecina.

—Ahh, —dijo María Angula—, si así no más se hace la sopa de pan con menudencias, *yo también sabía*. —Y diciendo esto, voló a la cocina para no olvidar la receta.

Al día siguiente, como su esposo le había pedido un locro de "cuchicara", la historia se repitió:

—Doña Mercedes, ¿sabe preparar el locro de "cuchicara"?

—Sí, vecina.

Y como la vez anterior, apenas su buena amiga le dio todas las indicaciones, María Angula exclamó:

—Ahh, sí así no más se hace el locro de "cuchicara", *yo también sabía*. —Y enseguida corrió a su casa para sazonarlo.

Como esto sucedía todas las mañanas, la señora Mercedes se puso molesta. María Angula siempre salía con el mismo cuento: "Ahh, si así no más se hace el seco de chivo, *yo también sabía*; ahh, si así no más se hace el ají de librillo, *yo también sabía*. Por eso, quiso darle una lección y, al otro día...

—Doña Merceditas...

—¿Qué se le ofrece, señora María?

—Nada, Michita, mi marido desea para la merienda un caldo de tripas con "puzún" y yo...

—Umm, eso es refácil, —le dijo—, y antes de que María Angula la interrumpiese, continuó:

–Verá, se va al cementerio llevando un cuchillo afilado. Después espera que llegue el último muerto del día y, sin que nadie la vea, le saca las tripas y el "puzún". En su casa, los lava y luego los cocina con agua, sal y cebollas y, cuando el caldo haya hervido por unos diez minutos, aumenta un poco de maní... y ya está. Es el plato más sabroso.

–Ahh, –dijo como siempre María Angula– si así no más se hace el caldo de tripas con "puzún", *yo también sabía.*

Y en un santiamén, estuvo en el cementerio esperando a que llegara el muerto más fresquito. Cuando el panteón quedó solitario, se dirigió sigilosamente hacia la tumba escogida. Quitó la tierra que cubría al ataúd, levantó la tapa y... ¡allí estaba el semblante pavoroso del difunto! Quiso huir, más el mismo miedo la detuvo. Temblorosa, tomó el cuchillo y lo clavó una, dos, tres veces sobre el vientre del finado y con desesperación le despojó de sus tripas y "puzún". Entonces, corriendo regresó a su casa. Luego de recobrar su calma, preparó esa merienda macabra que, sin saberlo, su marido comió lamiéndose los dedos.

Esa misma noche, entre tanto María Angula y su esposo dormían, en los alrededores se escucharon aullidos lastimeros. María Angula despertó sobresaltada. El viento chirriaba misteriosamente en las ventanas, balanceándolas, mientras afuera, los ruidos fabricaban sus espantos. De pronto, por las

escaleras, María Angula oyó el crujir de unos pasos que subían pesadamente hacia su cuarto. Era un caminar trabajoso y retumbante que se detuvo frente a su puerta. Pasó un minuto eterno de silencio y luego, María Angula vio el resplandor fosforecente de un hombre fantasmal. Un grito cavernoso y prolongado la paralizó.

–*¡María Angula, devuélveme mis tripas y mi puzún que te robaste de mi santa sepultura!*

María Angula se incorporó horrorizada y, con el miedo saliéndole por los ojos, contempló como la puerta se abría empujada lentamente por esa figura luminosa y descarnada. María Angula se quedó sin voz. Ahí, frente a ella, estaba el difunto que avanzaba mostrándole su mueca rígida y su vientre ahuecado:

–*¡María Angula, devuélveme mis tripas y mi puzún que te robaste de mi santa sepultura!*

Aterrada, para no verlo, se escondió bajo las cobijas, pero en instantes sintió que unas manos frías y huesudas la tomaban por sus piernas y la arrastraban, gritando:

–*¡María Angula, devuélveme mis tripas y mi puzún que te robaste de mi santa sepultura!*

Cuando Manuel despertó, no encontró a su esposa, y aunque la buscó por todas partes, jamás supo de ella.

Abad Alfau
y la
calavera

República Dominicana

Recopilador:
Manuel de Jesús Troncoso de la Concha
Versión: Silva Nolasco
Ilustrador: Aurelio Crisanty

ABAD ALFAU Y LA CALAVERA
*fue publicado por primera vez en el libro **Narraciones
dominicanas** de Manuel de Jesús Troncoso de la Concha.
Silva Nolasco ha realizado la versión que se
publica en este libro.
El ilustrador, Aurelio Crisanty, es un reconocido
pintor dominicano.*

GLOSARIO

Cintarazo: *Golpe que se da de plano con la espada.*
Chaflán: *Cara resultante al cortar la esquina
de una casa por un plano.*
Comidilla: *Tema preferido en las murmuraciones.*
Consejas: *Cuentos, fábulas, patrañas.*
De a cuarta: *Medida de la mano abierta y extendida desde
el extremo del pulgar al del meñique.*
Grima: *Disgusto, horror que causa alguna cosa.*
Remeneo: *Movimientos rítmicos, como de baile.*
Toque de Angelus: *Toque de campanas a la hora de rezar el
Angelus, a la caída de la tarde.*
Vara: *Medida de longitud equivalente a 83,6 centímetros.*

Hasta más o menos el año de 1905, se veía en lo alto de la pared que formaba en chaflán la esquina de la iglesia y convento de Santo Domingo con las calles del Estudio y de la Universidad en la capital dominicana, un nicho vacío, el cual desapareció, junto con la pared, al ser ésta derribada.

No siempre estuvo vacío ese nicho. Había dentro, colocada sobre un pequeño soporte de hierro, una calavera, visible durante el día por gracia de la luz solar y de noche por la de un farolito de aceite que colgaba desde lo alto y era encendido siempre al toque del Angelus vespertino. Debajo, como expresiones salidas de boca de la calavera, se leía en una tosca lápida en caracteres ordinarios, de color negro, borrosos:

Oh, tú que pasando vas
Fija los ojos en mí
Cual tú te ves yo me vi
Cual yo me veo te verás

Transcurrió mucho tiempo sin que ni la calavera ni el verso escrito sirvieran para llamar la atención pública.

Hasta una noche, en que un vecino, en momentos que se dirigía a su casa, sintió un ruido proveniente de la calavera y poniendo en ésta los ojos, observó que se movía inclinándose

43

44

hacia delante o de un lado a otro, como diciendo... "Sí, Sí"... "No, No"... visto lo cual, se dio a correr hasta llegar a su morada.

La calavera, que ni merecía ya la mirada indiferente de quienes pasaban, se convirtió, desde el día siguiente, en el comentario de todos. Los prudentes no osaban siquiera aventurar el pasar de noche por las proximidades del Convento y los valerosos que a ello se atrevían, daban fe de que la calavera se movía diciendo... "Sí, Sí"... "No, No", agregando que meneaba las quijadas, que se reía con ruido como de castañuelas y muchas otras consejas.

De día, la calavera permanecía quietecita. Por esto, el encargado de encender o apagar el farolito hacía esta operación en horas de la tarde o de la mañana. La cosa era de noche...

Los que vivían por allí, para llegar hasta su casa, hacían un rodeo con objeto de librarse de la vista de la calavera.

Ni siquiera osaban aproximarse las patrullas militares a esa esquina de miedos.

Cierta noche, desafiando su propio temor, una de ellas marchó en esa dirección, y cuando vio el meneo de la calavera huyó despavorida sin parar hasta el mismo portón de la fortaleza.

Contaba Abad Alfau, entonces, diecinueve años y era subteniente del batallón que guarnecía la Plaza de Santo Domingo. Se hallaba de servicio la noche en que la patrulla corrió por temor a la calavera y su contrariedad fue muy grande. A la siguiente noche supo que otra patrulla había hecho un rodeo para evadir el maleficio de la esquina, y su contrariedad fue mayor.

—¡Se va a acabar esa música o no me llamo Abad Alfau! —afirmó.

Al día siguiente se proveyó de una escalera de las denominadas "de tijeras" y aguardó la noche. Más o menos a las once, llevando en la diestra la espada, se encaminó al lugar que era causa de los espantos, acompañado de dos soldados. Apenas se hallaban los tres a unas diez varas de la calavera, comenzó el remeneo.

—¡Pongan la escalera delante de la esquina! —ordenó antes de que el miedo incapacitara a sus acompañantes.

Espada en mano, empezó a subir. A medida que ganaba cada peldaño, el movimiento de la calavera hacia delante y los lados se hacía más violento. Ya el subteniente acercándosele, la calavera parecía querer girar sobre sí, mientras de su interior salían unos chirridos agudos... pero el joven oficial seguía imperturbable. Ahora, tan cerca del nicho que podría alcanzarlo con los dedos, apoyó con fuerza los pies en un peldaño mientras se agarraba con la izquierda al más alto, echó atrás su cuerpo y levantando la espada le asestó a la calavera dos cintarazos que la hicieron dar varias vueltas.

Y ahí se deshizo el misterio; porque desde abajo salió un ratón como de a cuarta, que del nicho saltó a la calle y se perdió en la oscuridad de la noche, mientras Abad Alfau, bajando, exclamaba:

—¡Maldito bicho!

De la marimonda no se debe hablar

Colombia

Recopilador: Octavio Marulanda
Versión: Editorial Norma
Ilustradora: Consuelo Ardila de Beltrán

DE LA MARIMONDA NO SE DEBE HABLAR
*es un cuento de la tradición oral colombiana.
La madremonte o marimonda aparece en todas las
regiones rurales de Colombia. Es una mujer hermosísima
y quien la ve queda hechizado. Pero es vengadora y cruel y
castiga con la muerte a quienes dañan la naturaleza.
La versión que aparece en este libro se basa en la
investigación del folklorista Octavio Marulanda.
La ilustradora, Consuelo Ardila de Beltrán, es diseñadora
gráfica de la Universidad de Las Mercedes y directora de
Arte de los textos de primaria y de literatura infantil de
Editorial Norma.*

GLOSARIO
Aserrío: *Aserradero, sitio donde asierran la madera.*
Bejuco: *Planta tropical de tallos largos y delgados que se
extienden por el suelo o se enrollan en otras plantas.*
Higuerillas: *Matorral de monte.*
Machete: *Cuchillo grande de diversas formas que sirve
para desmontar, cortar caña y otros usos.*
Samán: *Arbol americano, muy corpulento, de la
familia de las mimosáceas.*
Trocha: *Vereda o camino angosto; camino abierto
en el monte.*
Zarza: *Arbusto de la familia de las rosáceas,
cuyo fruto es la mora.*

Cuando volvía cabizbajo a su rancho, Jacinto se encontró con la vieja Juana.

–Oíme, negrito –lo saludó la vieja– ¿y esa cara tan larga?

–Ay, seño Juana –suspiró Jacinto–. Hoy cuando fui a buscar agüita para regar los naranjos, el río estaba seco. No bajaba ni un chorrito y como hace rato que no llueve, pues no sé qué voy a hacer.

–¿Seco el río? Mala seña, negrito, mala seña –y la vieja meneó la cabeza como si presintiera calamidades.

–¿Y eso, seño?

–Pues ve, negrito. Vos sos muy joven y no sabés nada. Pero yo te digo, si el río se secó, es porque ella va a venir y entonces … ¡pobre del que se la tope!

–¿Pobre del que se la tope? ¿De quién habla usted, seño?

Jacinto estaba muy asustado.

–Pues de la marimonda, negro, la mismísima marimonda. No me hagás hablar; no se puede, se me hielan los huesos… Tené cuidado. Vos sos un buen muchacho, Jacinto, y no como otros, no como ese Runcho. –Y apresuradamente la vieja siguió su camino.

Jacinto sintió un escalofrío que le corría por la espalda. Se acordó entonces del Runcho Rincón. Hacía mucho tiempo ya que este hombre tumbaba árboles de la cabecera del río, allá

52

arriba en el monte. Cuando los campesinos se dieron cuenta, le preguntaron por qué lo hacía y él explicó que unos señores del aserrío le pagaban por cada árbol cortado. Serafín, el hombre más viejo del pueblo, le advirtió:

–Mirá, Runcho, no te metás a dañar el monte. Eso es peligroso, puede venir la marimonda.

Mas el Runcho no hizo caso y siguió destrozando cuanto árbol encontraba. Al poco tiempo, los campesinos notaron que el río bajaba con menos agua, y que en el monte se oían con menos frecuencia los gritos de los loros y los cantos de los mirlos.

Camino al rancho, Jacinto siguió pensando qué haría con sus naranjitos recién sembrados y sin agua para regarlos. Ya oscurecía, y por detrás del monte se veía salir una luna redonda y amarilla. Tan preocupado estaba, que no se dio cuenta del alboroto que armó su perro Canijo al verlo. Pronto observó que el animal estaba muy inquieto: gruñía y ladraba, daba vueltas alrededor de su amo y le mordía el pantalón tratando de guiarlo hacia el camino que llevaba al monte. Jacinto sintió la angustia de Canijo y decidió seguirlo. Después de echarse la bendición varias veces, subió por el camino detrás del perro, que no dejaba de ladrar y gruñir.

Al rato, oyó un ruido: …Juiss, juiss, silbaba un machete al derribar higuerillas, zarzas y helechos. Desde lejos, Jacinto vio al Runcho Rincón quien, aprovechando la oscuridad, abría una trocha hasta el sitio donde crecían unos enormes samanes que deseaba cortar. El viento hacía crujir las ramas de los árboles; parecía que lloraran.

Súbitamente, una nube escondió la luna y Jacinto no vio nada más. Canijo se detuvo y dejó de oírse el ruido del machete y de las ramas. La oscuridad y el silencio llenaron el monte, y un resplandor luminoso surgió entre la espesura.

El Runcho, como hipnotizado, dejó caer el machete y se levantó con los ojos fijos en el resplandor, el cual poco a poco, fue tomando la figura de una hermosa mujer. Su pelo largo y oscuro caía sobre sus hombros y le cubría todo el cuerpo. Sus ojos grandes y negrísimos echaban chispas de fuego y sus labios se curvaban en feroz sonrisa. Una voz repetía: ''Ven... ven... ven...''

Jacinto quiso gritar pero el miedo no lo dejaba. Despavorido, vio al Runcho avanzar hacia la mujer con las manos extendidas como queriendo abrazarla, mientras la voz insistía: ''Ven... ven... ven...''

Tan pronto el Runcho tocó a la mujer, ésta soltó una aguda carcajada que retumbó en el silencio de la noche. Rápida como un rayo sacudió la cabeza y al instante su larguísimo pelo se convirtió en espeso musgo gris y gruesos bejucos que, como serpientes, se enrollaron alrededor del cuello, los brazos y las piernas del hombre.

Jacinto cerró los ojos. Su corazón golpeaba desaforada-

mente y sus piernas parecían haberse clavado en la tierra. Al cabo de unos instantes, oyó de nuevo los ladridos furiosos de Canijo y sintió el crujir de las ramas agitadas por el viento. Abrió los ojos y se acercó al Runcho. Estaba muerto. Un bejuco le apretaba el cuello y a su lado se extendía un sendero de musgo gris que se perdía entre los matorrales. A lo lejos, escuchó el agua del río que volvía a correr.

Jacinto nunca dijo nada. De la marimonda no se debe hablar.

La sombra negra y el gaucho valiente

Argentina

Recopilador: Jesús María Carrizo
Versión: Nelly Garrido
Ilustradora: Idelba Dapueto

LA SOMBRA NEGRA Y EL GAUCHO VALIENTE
es un cuento de la tradición oral argentina. Fue recogido
en la provincia de Catamarca por
Jesús María Carrizo.
La autora de esta versión, Nelly Garrido, es una
educadora argentina que ha escrito numerosas obras de
literatura infantil y ha dirigido, además, teatro de títeres
y talleres de arte para niños y jóvenes. Una de sus obras
*más difundidas es **Leyendas Argentinas** (1976).*
La ilustradora, Idelba Dapueto, es egresada de la Escuela
Argentina de Arte. Ilustra cuentos, novelas y también
historietas. Actualmente trabaja en la
Editorial Plus Ultra.

GLOSARIO
Aguada: *Lugar natural o artificial donde bebe el ganado.*
Ave María Purísima: *Expresión de saludo muy usada*
hasta no hace muchos años en el campo argentino. La
respuesta a este saludo era: "sin pecado concebida".
Gaucho: *Dícese del natural de las pampas argentinas.*
Mesón: *Mesa grande o mostrador.*
Pago: *Lugar donde nace y vive el gaucho.*

Cuentan los que cuentan y dicen los que saben que hace muchísimo tiempo, un hombre decidió salir por esos mundos a buscar fortuna, con la única compañía de su mula negra.

A poco andar, se encontró con un gaucho que también montaba una mula.

–¿Para dónde va, paisano? –le preguntó el desconocido.

–En verdad, no lo sé. Voy sin rumbo fijo. ¡Qué gusto encontrar a alguien en estas soledades! Me llamo Miguel

–El gusto es mío. Me llamo Eloy, para servirlo. Y mire lo que son las cosas, yo también voy sin rumbo.

Anda que te anda, charla que te charla, pronto hicieron amistad.

Cruzaron campos, pastizales, montes, aguadas... días y días con sus noches, sin un asomo de vida humana. Una tarde, cuando ya casi desesperaban ante tanta soledad, divisaron a lo lejos una gran construcción.

Apuraron el paso, un poco por curiosidad y un mucho por hambre, ya que las pocas provisiones que llevaban se les habían acabado. Llegar y quedarse con la boca abierta de asombro fue todo uno. Tenían ante sus ojos un espléndido palacio rodeado de jardines. Nunca habían visto algo así. Se animaron y golpearon las manos, diciendo:

–¡Ave María Purísima!

Nadie contestó.

Golpearon la puerta varias veces, y nada. Todo era silencio. Empujaron, por las dudas, y la puerta cedió. Entonces decidieron entrar, no sin temor, por supuesto.

Aquello era muy extraño. Una casa tan linda y abandonada. Pero así no más. Nadie respondió a sus repetidos llamados y, después de recorrerlo todo, comprobaron que el palacio estaba deshabitado.

—Estamos de suerte —dijo Eloy—, pasaremos aquí la noche.

Salieron luego a buscar algo para comer y encontraron junto al palacio una granja donde había toda clase de aves de corral y otras comidas.

Comieron hasta hartarse y, cuando se disponían a dormir, una gran sombra negra, con aparente forma humana, apareció sobre el mesón.

—¡Dadme de comer!— gritó la sombra, con voz tan imperativa y ronca que les hizo helar la sangre.

A Miguel le castañeteaban los dientes del susto, pero Eloy se repuso y contestó:

—¡A cocinar, si quieres comer!

Pero a la sombra negra no le gustó nada tal respuesta y atacó violentamente a Eloy., como si quisiera comérselo. El gaucho la esquivó y como una luz sacó su puñal. En tanto, Miguel corrió a esconderse en el dormitorio. Eloy peleaba con gran destreza; una y otra vez hundía su puñal en la sombra, sin ningún resultado. La sombra no cedía; sólo un ruido seco respondió a cada puñalada. Y así llegó la medianoche.

De pronto, con un rápido movimiento, la sombra alcanzó el brazo derecho de Eloy y se lo dejó paralizado. Después desapareció. Miguel, blanco de terror, salió de su escondite.

–Si regresa tienes que ayudarme– dijo Eloy, enojado.

Miguel le respondió que lo mejor era alejarse de ese lugar. Pero Eloy insistió en quedarse.

Al día siguiente no pasó nada, pero, al llegar la noche, apareció la sombra negra, pidiendo comida con su voz horrible.

–¡A cocinar si quieres comer!– respondió otra vez Eloy.

Y nuevamente se trabaron en lucha, en tanto Miguel se escondía debajo de la cama. Con su brazo izquierdo, Eloy tiraba puñalada tras puñalada contra la sombra; pero era inútil. No podía vencerla.

–¡Ayúdame! –le gritaba a Miguel.

Pero el muy cobarde no asomaba ni la nariz.

Llegada la medianoche, la sombra se abalanzó sobre Eloy y le paralizó el brazo izquierdo. Luego desapareció.

Miguel rogaba que abandonaran el palacio, pero Eloy estaba dispuesto a vencer a la sombra o luchar hasta morir.

Todo el día siguiente se lo pasó practicando para pelear a puntapiés. Puntualmente apareció la sombra, amenazando con comérselos a los dos si no le daban de comer. Y esta vez, antes de desaparecer, paralizó la pierna derecha de Eloy.

Llegada la cuarta noche, la lucha fue atroz, por lo dispareja,

y Eloy quedó completamente paralizado.

Cuando desapareció la sombra, viendo a su amigo inmóvil, Miguel se arrepintió de su cobardía y decidió salir a pedir ayuda. Tres días cabalgó sintiendo a la sombra negra que lo perseguía:

—¡Espérame! ¡Espérame! —creía oír detrás suyo. Y luego:

—Agradece que tienes una mula negra, pero no escaparás. ¡No escaparás!

Miguel no se detuvo hasta llegar a su pago y acercarse a la iglesia. Contó su aventura al cura y pronto se reunieron varios gauchos que, guiados por Miguel, emprendieron la marcha hacia el palacio.

Una vez allí, esperaron la llegada de la noche.

A medianoche en punto, detrás del mesón surgió la sombra negra con ronca voz:

—¡Dadme de comer!

Los gauchos rodearon a la sombra mientras sentían un frío de hielo correrles por la espalda. El cura se adelantó. Los hombres casi ni respiraban. El cura le echó el agua bendita y la sombra reventó.

Una densa columna de humo blanco se elevó. El cura dijo que esa era el alma del dueño de la sombra negra que subía al cielo a descansar en gracia de Dios.

Y Eloy, el gaucho valiente, pudo moverse como antes.

Yo no lo vi, pero aseguran que es verdad.

El pozo de Jacinto

Puerto Rico

Informador: Manuel A. Domenech
Versión: Juan Antonio Ramos
Ilustrador: José A. Peláez

EL POZO DE JACINTO

*Es una historia que se cuenta en diversos
lugares de Puerto Rico.
Juan Antonio Ramos escribió esta versión basándose en
el relato que le hizo su amigo Manuel A. Domenech.
Juan Antonio Ramos nació en Bayamón, Puerto Rico.
Ha publicado trabajos de creación y crítica literaria
y tres libros de cuentos.
El ilustrador, José A. Peláez, nació en La Habana,
Cuba, en 1950 y estudió Arquitectura en la Universidad
de Puerto Rico. Actualmente se desempeña como
ilustrador de Ediciones Huracán. Su obra gráfica ha sido
expuesta internacionalmente y ha recibido varios
premios en Puerto Rico.*

GLOSARIO

*Hoyanco: Hoyo.
Malamañoso: Bribón.
Marullo: Movimiento de las olas que levanta
el viento en la borrasca.
Respiradero: Abertura por donde entra y sale el aire.
Tostar: Zurrar.*

L a abuela se lo tiene advertido al nieto: para la playa de Jobos no va ni irá mientras ella tenga fuerzas en los riñones. Y si lo tiene que tostar nuevamente por desobediente, lo tuesta.

–Los muchachos no saben del peligro –murmura la abuela.

No son las corrientes traicioneras que se han tragado a más de uno. Peor que esas aguas turbulentas, peor que los murmullos borrascosos son los peñascos erizados en la orilla. Los respiraderos por donde revientan impetuosos chorros verticales que rebasan los picachos para alfombrar de gruesa espuma la arena más cercana.

De todos los respiraderos, es el Pozo de Jacinto el que más espanta a la abuela.

Quién fue Jacinto, eso nadie parece saberlo. Muchos han querido inventar historias que expliquen, si no su vida, al menos las circunstancias de su muerte. Unos dicen que fue un pillo malamañoso que tenía que parar como paró. Otros dicen que fue un loco incurable que deambulaba por la playa regalando cocos y pidiendo comida.

Y… ¿cómo murió?

La abuela no tiene todas las respuestas, pero lo que sí cree saber es que Jacinto, aprovechando la cerrada oscuridad de una noche, echó mano de una de las vacas que pastaban a cierta distancia de la playa. La arrastró apresurado, sin darse cuenta

por donde iba, tropezó con los chichones afilados de una peña, perdió el balance y se precipitó por la profunda grieta del respiradero.

Algunos vecinos del lugar creyeron escuchar esa noche un sobrecogedor alarido.

Al día siguiente habían desaparecido Jacinto y la vaca.

Pasó algún tiempo sin que nadie se atreviera a hablar del trágico accidente, hasta la noche en que unos niños se escurrieron sigilosos hasta el respiradero. Allí comenzaron a dar voces que más parecían burlas, en dirección a la boca rumorosa y hueca de la roca:

¡Jacinto, la vaca!
¡Jacinto, la vaca!

Gritaban divertidos cuando de pronto estalló un rugido rabioso del fondo mismo del pozo, acompañado por un golpe impresionante de agua que ensopó a los muchachos. Muertos del susto, se regresaron corriendo a sus casas.

Desde entonces, se dice que el espíritu de Jacinto es un resentimiento vivo y sin reposo que yace en el fondo del hoyanco. Cuando escucha las burlas, se revuelca furioso y azota las aguas iracundas que alcanzan alturas alarmantes.

¡Jacinto, la vaca!
¡Jacinto, la vaca!

Así gritan más y más curiosos que se allegan al Pozo de Jacinto. Todos van de día claro. La abuela asegura que muy pocos son los que se atreven a correr el riesgo de noche. Lo que la pobre vieja ignora es que su nieto temerario, desde hace rato, propone a sus amigos bajar juntos una noche al fondo del pozo.

El entierro

Perú

Autora: Rosa Cerna Guardia
Ilustrador: Eloy Zavala Sasaqui

EL ENTIERRO

o tesoro enterrado, es un tema común en la tradición oral del Perú y de otros países de América Latina.

En épocas pasadas, los dueños de grandes fortunas llenaban ollas de barro y otros recipientes con monedas de oro y luego las enterraban en un lugar secreto. Muchas veces morían sin haber revelado a nadie el lugar del entierro. Se decía entonces que el difunto se aparecía a familiares y amigos para indicarles el lugar y rogarles que desenterraran el tesoro, porque sólo así su alma encontraría reposo.

Rosa Cerna Guardia nació en Huaraz en 1927. Es autora de varios libros para niños, de cuento y poesía. También ha ejercido la crítica literaria y ha dedicado gran parte de su vida a la enseñanza de niños de primer grado.

El ilustrador, Eloy Zavala Sasaqui, nació en Lima en 1951. Se dedica a la ilustración y el diseño gráfico, preferentemente para publicidad.

GLOSARIO

Batán: *Dos piedras que se emplean en la cocina para triturar o pulverizar granos y condimentos.*

Humitas: *Especie de tamal hecho de maíz con azúcar, pasas y leche.*

En una de las calles que daban a la plazuela de Belén, en la antigua ciudad de Huaraz, había una casa colonial que siempre estaba cerrada. Era la casa del misterio, porque decían que allí penaban, que estaba embrujada.

Cuando comienza esta historia, ya la casa había pasado por varios dueños, desde un avaro prestamista hasta el cura de la parroquia. Nadie la soportaba. Decían que estaba ocupada por alguien a quien nadie veía, y que fomentaba en las noches de luna tremendo alboroto.

De repente, se oían lamentos detrás de la puerta. De repente, aparecían volando por los aires objetos increíbles; se sentía el ruido de cosas que se rompían y el tintineo de una campana de capilla; pero lo más común era escuchar pasos apresurados de alguien que subía y bajaba escaleras: taca, taca, tun; taca, taca, tun. La gente tenía miedo de pasar de noche por ahí.

Un día llegó a la ciudad una joven costurera buscando casa. La única que le convenía por ser central era la "casa del misterio". Dijo muy segura que ella no creía en fantasmas y la alquiló.

Instaló su taller con máquina de coser, un gran espejo, su perchero y una mesa de planchar.

La costurera vivía acompañada de una morenita, llamada

74

Ildefonsa, y de un perrito negro de nombre Salguerito. El perro fue el que pagó el pato, porque el fantasma de la casa hizo de las suyas con él: le tiraba de la cola, de las orejas, y lo empujaba. Ya durmiera dentro o fuera, a medianoche Salguerito se ponía a aullar de manera que daba miedo. Se le arqueaba el lomo, se le erizaban los pelos y le fosforecían los ojos de susto. Sólo en la cocina dormía tranquilo, al pie del batán.

La gente iba a curiosear cómo era la costurerita y a averiguar cómo les iba con la casa embrujada. Las dos mujeres no demostraban estar asustadas ni se daban por vencidas. Tenían que dormir con el lamparín encendido y el perro en la cocina.

El fantasma se cansó de mortificar al perro, pero empezó a dejar sus huellas por el taller: el espejo se ladeaba sin que nadie lo tocara, la máquina de coser empezaba a coser, se caían los carretes del carretel y rodaban por el piso. Se perdían las tijeras, el alfiletero, el dedal o el ojalador. Se sentía la presencia de una persona que las seguía a todas partes y a veces se empañaba el espejo como si alguien se estuviera mirando muy cerca de él.

Varias veces había pasado por la casa el cura llevando agua bendita; pero el vasito con el agua bendita aparecía misteriosamente volteado.

–No es asunto del diablo –aclaró el cura–. Los asuntos del diablo se manifiestan de otra manera y terminan con el agua bendita, con invocaciones o con la Santa Misa.

Las mujeres se sintieron más tranquilas.

–Debe haber más bien un entierro, dinero o joyas guardadas en alguna parte. Posiblemente un alma en pena quiera manifestarles el lugar donde se encuentra el tesoro, para alcanzar la paz y hay que ayudarla, –sentenció el cura.

Había en ese tiempo por los lados de Huaraz un hombre buscador de tesoros muy conocido llamado Florián. Era famoso y tenía un gran historial en estos menesteres.

Lo llamaron muy en secreto y llegó un día sin que nadie lo supiera.

Florián entró a la casa con rezos y súplicas, masticando coca, fumando cigarrillos y quemando incienso:

–Alma bendita, sabemos que estás aquí y nos oyes, si quieres entrar en el reino de la paz avísanos donde está el entierro. Usa las señales que quieras pero comunícate con nosotros.

El hombre iba de rincón en rincón repitiendo lo mismo. Salguerito miraba a Florián, ladraba y luego se iba a echar a la cocina al pie del batán.

Florián estuvo dos años enteros buscando el tesoro. En cada movimiento de luna se presentaba sin hallar ninguna respuesta. Había removido el piso de toda la casa, golpeado las paredes, revisado las ventanas y nada. Salguerito siempre lo miraba, ladraba y corría a la cocina a echarse al pie del batán. Un día, Florián, se marchó diciendo que en esa casa no había entierro alguno.

Sin embargo, un domingo mientras Ildefonsa molía maíz en el batán de la cocina para hacer humitas, sus pies fueron a dar a una especie de asa enterrada.

Intrigada, la mujer fue escarbando y escarbando con un cuchillo hasta que apareció no sólo el asa completa sino el borde de una olla de fierro.

Era precisamente el sitio donde solía acurrucarse Salguerito mientras dormía y donde se echaba cuando Florián buscaba el entierro.

Ildefonsa corrió sorprendida a llamar a la costurera:

–Mira, –le dijo– hay una olla enterrada al pie del batán.

Las dos mujeres movieron el batán y ¡zas! apareció el tesoro: una olla repleta de monedas antiguas de oro y plata, joyas y piedras preciosas de los tiempos coloniales. Estaba ahí no más, a flor de tierra junto a la piedra de moler.

Dicen que a medianoche la costurera e Ildefonsa, echando la bendición a la casa, salieron de la ciudad no sólo llevándose el tesoro encontrado sino también a Salguerito, el perrito achacoso, que les dio la señal precisa de donde se encontraba el entierro.

Nunca más se supo de ellos.

78

Los dos monteadores y la Sayona

Venezuela

Recopilador: Santos Erminy Arismendi
Versión: Ediciones Ekaré
Ilustrador: Peli

LOS DOS MONTEADORES Y LA SAYONA
está inspirado en varios sucesos relatados por el
folklorista Santos Erminy Arismendi en su
*libro **Huellas Folklóricas**.*
La Sayona es el espectro de una mujer altísima, que
camina haciendo un ruido como de huesos que chocan y
arrastrando la cola de una larga túnica negra. Dicen que
su cara es la cara de la muerte y que no tiene ojos, sino
un brillo como de brasas encendidas en el fondo de las
cuencas. Aparece en los pueblos y en los montes después
del toque de ánimas, cuando ya ha oscurecido. Se acerca
a los hombres que andan lejos de su casa y que llevan
malos pensamientos. Los guía hasta un paraje solitario y
después les da la cara, espantándolos. Luego los
hombres aparecen muertos, como atacados por las
garras de un animal salvaje. La Sayona huye cuando ve
una cruz y también cuando escucha el primer canto del
gallo en la madrugada.
El ilustrador de este cuento es Peli, dibujante chileno
residenciado hace diez años en Venezuela y autor de las
*ilustraciones del libro **El robo de las aes**.*

GLOSARIO
Candela: Lumbre, fuego.
Caño de agua: Curso de agua mansa.
Casabe: Torta que se hace de la harina de yuca.
Chinchorro: Hamaca ligera tejida de cordeles.
Desgonzado: (por desgoznado) Desencajado,
desmembrado.
Guindar: Colgar, subir una cosa que ha de
colocarse en alto.
Monteador: Campesino que sale de cacería al monte.

Dos monteadores salieron una tarde del pueblo para adentrarse en la montaña. Llevaban comida para varios días. Caminaron toda esa tarde y cuando cayó la noche hicieron fuego y guindaron sus chinchorros de dos árboles en el monte tupido.

Y ahí, mientras se calentaba la comida, uno se puso a recordar a su novia: lo linda que era, qué negros tenía los ojos y la voz suavecita, como la piel de su cara y de su cuello...

–No hable de mujeres, compadre. ¿No ve que estamos en un centro de montaña?

–¿Y eso?

–Es que no debe hablarse de mujeres en un centro de montaña.

–No estoy hablando de mujeres. Estaba recordando a mi novia.

–Lo mismo da. Igual se nos puede aparecer la Sayona.

Nada más nombrarla sintieron un silbido del lado de la quebrada. Y unas pisadas. El fuego comenzó a chisporrotear como si le hubiera caído aceite y los dos monteadores quedaron sin habla sintiendo aquella oscuridad, escuchando ese silbido y mirando sin ver hasta que una luz se vino hacia ellos, como flotando, y ya cerca esa luz era una muchacha linda de ojos brillantes que venía sonriendo y caminando así, con una gracia.

–Buenas noches.

Y sin esperar a que le respondieran se sentó al lado de ellos siempre sonriendo. Comenzó a tomar trozos de casabe con unos dedos largos y blancos y en cuanto se los echaba a la boca los escupía al suelo.

–La Sayona –dijo uno de los monteadores con un hilito de voz y ella lo escuchó, claro, pero no dijo nada.

Pero el otro, el de la novia, la miraba embobado. Se parecía a su novia, los ojos tan lindos y esa sonrisa... Y cuando ya fue la hora de irse a dormir le dio espacio en su chinchorro, que era de los grandes, mientras su compadre apagaba la lámpara y se acostaba en el otro, así, guindado más bajo.

Y entonces todo estuvo oscuro. Porque no había luna y sólo se escuchaban los ruidos de la montaña. Y el compadre no supo si se durmió. Lo que sí fue cierto es que tarde en la noche sintió unas gotas que caían al suelo. Una tras otra, parejitas. "Tac, tac, tac", como el final de una lluvia en las hojas, pero más pesadas. Sacó la mano. Una gota cayó, caliente, espesa y pegajosa. Temblando, encendió la lámpara y se asomó al chinchorro que estaba guindado alto. Ahí estaba su compadre, ido en sangre, desgonzado y con los ojos blancos viendo al cielo. Pero apenas pudo verlo, porque del mismo chinchorro salió la mano huesuda y el rostro de una calavera con unos ojos que eran una llama de candela. Y la Sayona se le vino encima.

Botó la lámpara y corrió. Se vino por esas montañas, en lo

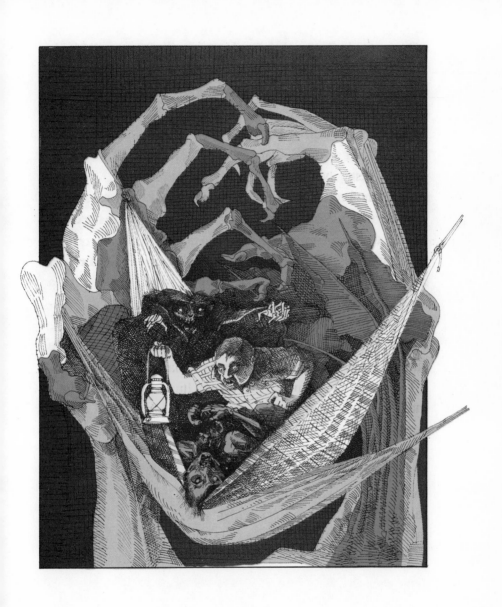

oscuro, con la Sayona brincando atrás, silbando su silbido de muerte y echando candela por los ojos. Y cuando ya parecía que lo iba a agarrar, cuando ya sentía su aliento caliente en el pescuezo, vio un caño de agua. Y ahí se tiró, en medio del arenal, con los brazos abiertos en cruz.

La Sayona se quedó parada, silbando y resoplando.

–Vente, vente, vente –silbaba la Sayona.

Y el hombre volteó la mirada y tartamudeó un rezo.

–Vente, vente, vente –repetía la Sayona con su voz hueca de calavera.

Y esa voz horripilante lo halaba. El rezo se le secó en los labios y aunque estaba en cruz, pareció que la Sayona iba a brincarle encima, pero entonces, justo en ese momento, cantaron los gallos.

Y la Sayona se volvió como de agua, primero y después de aire y su silbido se apagó y ya no estaba más.

El barco negro

Nicaragua

Versión: Pablo Antonio Cuadra
Ilustrador: Róger Pérez de la Rocha

EL BARCO NEGRO

fue contado por un mujer del pueblo de Zapatera a Pablo Antonio Cuadra en 1930. Existen otras versiones de este relato en otros sitios de Nicaragua.
*Pablo Antonio Cuadra nació en Managua en 1912. Tiene una vasta obra en verso, ha sido director de varias publicaciones y es uno de los autores nicaragüenses más conocidos. Este cuento fue publicado por primera vez en su libro **Esos rostros que asoman en la multitud**.*
El ilustrador, Róger Pérez de la Rocha, nació en Managua en 1949. Ha estudiado en Nicaragua, México y España y ha ilustrado varios libros de poesía.

GLOSARIO

Centavos: *Moneda americana de bronce, cobre o níquel*
Chanchos: *Cerdos, cochinos.*
Tapesco: *Cama tosca de madera o de carrizo colocada sobre cuatro palos.*
Toboba: *Especie de víbora.*

Cuentan que hace mucho tiempo, ¡tiempales hace! cruzaba una lancha de Granada a San Carlos y cuando viraba de la Isla Redonda le hicieron señas con una sábana.

Cuando los de la lancha bajaron a tierra sólo ayes oyeron. Las dos familias que vivían en la isla, desde los viejos hasta las criaturas, se estaban muriendo envenenadas. Se habían comido una res muerta picada de toboba.

–¡Llévennos a Granada!; –les dijeron. Y el capitán preguntó:

–¿Quién paga el viaje?

–No tenemos centavos– dijeron los envenenados– pero pagamos con leña, pagamos con plátanos.

–¿Quién corta la leña? ¿Quién corta los plátanos? –dijeron los marineros.

–Llevo un viaje de chanchos a Los Chiles y si me entretengo se me mueren sofocados, –dijo el capitán.

–Pero nosotros somos gentes, –dijeron los moribundos.

–También nosotros, –contestaron los lancheros–. Con esto nos ganamos la vida.

–¡Por diosito!– gritó entonces el más viejo de la isla–. ¿No ven que si nos dejan nos dan la muerte?

–Tenemos compromiso, –dijo el capitán. Y se volvió con los marineros y ni porque estaban retorciéndose tuvieron lástima. Ahí los dejaron. Pero la abuela se levantó del tapesco y a como

le dio la voz les echó la maldición:

—¡A como se les cerró el corazón se les cierre el lago!

La lancha se fue. Cogió altura buscando San Carlos y desde entonces perdió tierra. Eso cuentan. Ya no vieron nunca tierra. Ni los cerros ven, ni las estrellas. Tienen años, dicen que tienen siglos de andar perdidos. Ya el barco está negro, ya tiene las velas podridas y las jarcias rotas. Mucha gente del lago los ha visto. Se topan en las aguas altas con el barco negro, y los marinos barbudos y andrajosos les gritan:

—¿Dónde queda San Jorge?

—¿Dónde queda Granada?

…Pero el viento se los lleva y no ven tierra. Están malditos.

Contenido

El programa de Coedición Latinoamericana, promovido por el Centro Regional para el Fomento del Libro en América Latina y el Caribe, CERLALC, y la División de Fomento del Libro de la Unesco, agrupa a editoriales privadas y estatales de países latinoamericanos, con el fin de difundir la literatura infantil propia de nuestro entorno y de hacer más asequibles los libros, por medio del sistema de coedición que permite al conjunto de empresas comprometidas tomar en grupo todas las decisiones sobre cada uno de los pasos del proceso editorial, al tiempo que posibilita repartir entre todos los participantes los costos de producción y obtener un producto de alta calidad a bajo precio.

COEDICION LATINOAMERICANA

CUENTOS, MITOS Y LEYENDAS
PARA NIÑOS DE AMÉRICA LATINA

CUENTOS PICARESCOS
PARA NIÑOS DE AMÉRICA LATINA

CUENTOS DE ESPANTOS Y APARECIDOS

CUENTOS Y LEYENDAS DE AMOR
PARA NIÑOS

CUENTOS DE ANIMALES FANTASTICOS
PARA NIÑOS

COMO SURGIERON LOS SERES
Y LAS COSAS